一頁 folio

始 于 一 页 ， 抵 达 世 界

永恒的敌人

Eternal Enemies

Adam Zagajewski

北京联合出版公司

[波兰] 亚当·扎加耶夫斯基——著　李以亮——译

目 录

contents

第一辑

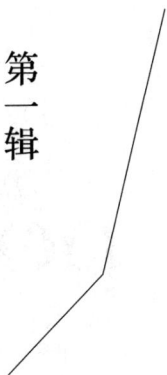

Poetry
searches for
radiance,

poetry

is

the
kingly road

星

Star

多年后我回到这里，

灰暗而美丽的城市，

不变的城

埋在昔日的水域。

我不再是哲学、诗

与好奇的学生，

我不再是写下太多

诗行的年轻诗人，

踯躅于狭窄的街巷

和幻象的迷宫。

时钟和阴影的君王

用他的手触及了我的额,

但我依然为一颗

星的光亮所引领,

唯有光亮

能够解开我或拯救我。

在路上
En Route

1. 不带行李

不带行李旅行，睡在火车

坚硬的木质长椅上，

忘记你的出生地，

从小车站浮现

当灰暗的天空升起

而渔船驶向大海之时。

2. 在比利时

比利时下着毛毛细雨

山间河流环绕。

我想，我是如此不完美。

树坐在草地上

仿佛身着绿色法衣的神父。

十月藏在野草里。

不，夫人，我说，

这是非谈话车厢。

3. 一只鹰盘旋在公路上方

它将会失望，如果它猛扑下来攫取

一只床单熨斗、煤气、

一段艳俗的音乐、

我们狭窄的心。

4. 勃朗峰 [1]

它远远地闪耀，白而谨慎，

像为幽灵存在的一只灯笼。

5. 塞杰斯塔 [2]

草地上一座巨大的神殿——

一只野兽

朝天空敞开。

6. 夏日

夏日盛大，扬扬得意——

我们的小车仿佛迷失在

---

[1] 位于法国和意大利边境，为西欧最高峰。——本书注释均为译者注

[2] 塞杰斯塔（Segesta）是著名旅游观光地，位于意大利西西里岛西北。

去凡尔登的路上。

7. 比托姆[1] 车站

地下隧道里

长着烟头。

没有雏菊。

只有孤独散发的恶臭。

8. 退休者在户外旅行

他们练习着在陆地上

行走。

---

[1] 波兰中南部城市。

9. 海鸥

永恒不旅行，

永恒等待。

在渔港

只有海鸥是饶舌的。

10. 陶尔米纳 [1] 戏院

从陶尔米纳戏院你发现

埃特纳 [2] 顶峰上的雪

与闪着微光的大海。

哪一个是更好的演员？

---

[1] 陶尔米纳（Taormina）是意大利西西里岛上的著名旅游胜地，面向伊奥尼亚海。

[2] 位于西西里岛东部的高山，是著名的活火山。

11. 一只黑猫

一只黑猫走过来迎接我们
似乎在说，看看我吧
别瞧那些罗马式教堂。
我是活的。

12. 罗马式教堂

在河谷之底
一座罗马式教堂静息：
在这木桶里有葡萄酒。

13. 光

光照在这些古老房子的墙上，
六月。

过路人，睁开你们的眼吧。

14. 在黎明

世界的实体出现在黎明——
还有灵魂的脆弱。

车里的音乐
Music in the Car

在家或车里

甚至在散步途中

和你一起听过的音乐

并不总是如钢琴调音师所希望的

那般清新——

有时它杂糅了

惶恐和痛苦的声音，

于是那音乐

不仅仅是音乐，

它是我们的生

以及我们的死。

奥斯维辛的燕子
The Swallows of Auschwitz

在营房的阒寂里，

在夏日的星期天的无声里，

燕子刺耳地尖叫。

是否这就是

人类的话语所剩下的一切？

斯托拉尔斯卡 [1] 街

Stolarska Street

美国领事馆附近一小群人

如水中的海蜇微微荡漾。

一个年轻的多明我会修士大步走过人行道，

路人虔敬地让开。

我又回到家了，沉默如佛教徒。

我细数幸福和烦躁的日子，

疯狂似的寻找你的日子，

却不过找到一个隐喻，一个意象，

阅读传道书和圣诗作者的日子。

---

[1] 位于克拉科夫旧城区，作者年轻时求学生活的地方。

我记得石楠扑鼻的香味，

海边树林里树汁的气息，

普罗旺斯白色小教堂里的黑，

那里唯有一支蜡烛吐着光辉。

我记得希腊的小巧的橄榄果，

威斯特法伦[1]闪烁的铁路，

跟我母亲道别的漫长的旅途

——飞机上他们放映一部喜剧，

所有人都放声大笑。

我回到这出产甜糕点

与苦巧克力的城市，还有动人的葬礼

（一粒希望曾埋藏在这里），

拘泥刻板的记忆之城——

---

[1] 德国西北部一地区。

焦虑驱动着流浪者，

转动着自行车的轮子、磨坊和时钟

焦虑不会离开我，它仍然隐藏在

我的心里，如饥饿的逃亡者

隐藏在一辆被抛弃的马戏团马车里。

家谱
Genealogy

我永远不会懂得

那些过时的人物,

——和我们一样

却又完全不同。

我的想象致力于解开

他们存在的秘密,

等不及记忆的

秘密档案开放。

我看见他们在狭窄的教室里,

在哈布斯堡不悦的帝国

外省小镇里。

白杨歇斯底里

在窗外抽动，

当雨和雪口授着

它们的正字法。

他们无助地攥住一截

无用的粉笔，在拳心里，

在沾染黑墨水的手指里。

他们向吵闹、饥饿的孩子

艰难地揭示世界的神秘，

孩子们却只顾成长和尖叫。

我做校长的先祖们努力

平息了一片汹涌的海洋，

正如那从波浪上

站起的疯狂艺术家

紧紧抓住他虚弱的指挥棒。

我想象他们筋疲力尽的
空虚，空洞的时刻，
透过它们我窥见
先祖们生命的核心。

而我想到在我
也从事教职时，
他们注视着我，

修改我的抱怨，
纠正我的错误，

以逝者那平静的确信。

卡梅里卡街

Karmelicka Street

给弗里茨·斯特恩[1]

卡梅里卡街，天蓝色的电车，太阳，

九月，暑假后的第一天，

一些人长途旅行后归来，

装甲师进入波兰，

孩子们盛装去学校，

白色和深蓝的衣服，如帆和海，

如记忆，葡萄，灵感。

树丛立正，向

那些年轻、随心所欲

---

[1] 弗里茨·斯特恩（Fritz Stern，1926—2016），德裔美国历史学家。

还不懂得火与睡意的头脑

致敬，没有什么能阻止它们

（除了不可见的极限）。

树丛恭敬地问候年轻人，

但你——说实话——嫉妒

那样的出发，那样与

家乡、童年、甜蜜的黑暗告别

嫉妒那杏仁、葡萄干和罂粟籽的味道，

你顺便到店里买点面包

尔后不急不忙地回家，

吹着口哨，随意地哼着曲调；

你的学校还没有开学，

教师已离开，校长留下来，

遥远如夏天，你的睡意穿过云层

穿越天空。

长街

Long Street

无人注意的街道——小小的干货商店

仿佛拿破仑受冻的军队里的卫兵；

来自乡村的人窥视着商店橱窗而他们的映像

回望着满是灰尘的轿车；

长街吃力地缓缓伸向郊区，

郊区却逼向市中心。

笨拙的有轨电车在街上留下凹痕，

没有香味的香水店标记着街道，

暴风雨后泥浆代替了吗哪[1]；

---

[1] 据《圣经》和《古兰经》记载，吗哪（manna）是古代以色列人出埃及时，上帝赐给他们的神奇食物。

侏儒和巨人的街道，嘎吱作响的自行车，

挤在一处的小城的

街道，午饭后打着盹，

头颅低垂到一块油腻的桌布上，

牧师们裹在长袍里；

难看的街道——秋天煤尘飞起，

在八月，因白热带来的厌烦。

这里就是你度过早年岁月的地方，

在这骄傲的文艺复兴时期的小城，

你急匆匆地跑去听课和军训

穿着肥大的上衣——

现在你想知道，你能不能

回到那些年的

狂喜，你还能不能

知道得那么少而想要得那么多，

等待，那么快地睡着，

并熟练地醒来

为了不惊扰你最后的梦

不顾十二月黎明的黑暗。

像耐心一样长的街道。

像从一次火灾逃离时一样长的街道，

像一个永不

结束的梦。

塔德乌什·康托尔 [1]

Tadeusz Kantor

他一身黑衣，

像一名保险局专司

调查损失原因的职员。

在乌泽德尼察街

我认出他，正奔向一辆街车，

而在克日什托弗利，是当他庄严地履行

义务，接待其他穿着黑衣的艺术家时。

我与之告别，带着骄傲

像一个本身一事无成

---

[1] 塔德乌什·康托尔（Tadeusz Kantor，1915—1990），波兰画家、装置艺术家、独立
戏剧导演。代表作为《死亡课堂》等。

却藐视所有已完成之物缺陷的人。

很久以后，我却看到了

《死亡课堂》和一些别的戏剧，

我陷入因惊惶和钦佩而来的沉默——

我见证了系统性的死亡，

衰落，我看到了时间如何

作用于我们，缝进衣服和破布，

缝进我们日益松弛的面部特征，我看到了

泪水和欢笑的影响，咬牙切齿的恨意，

我看到了厌倦和渴望在发挥作用，以及

祈祷如何存活于我们心里，只要我们愿意，

而不可一世的军队挺进到底是什么，

杀戮是什么，微笑，

战争，可见与不可见、正义的与非正义的战争，

又是什么，

作为一名犹太人、德国人，或

波兰人，或者仅仅作为一个人，意味着什么，

为什么长者总是天真的，

而孩子却存在于老化的身体里

存在于一个没有电梯的高高的楼层并试图

告诉我们什么，让我们明白，但这毫无用处，

他们从刀痕累累的课桌

伸出手帕，徒劳地挥舞

——他们已经知道他们只有

各种各样的宣泄，

强作欢颜的哀愁，

无数的远走高飞的道路，

但是他们甚至不曾听到这脏兮兮的舞台装置

在与他们一起歌唱，羞怯地歌唱

并可能升上天堂。

威力电影院

The Power Cinema

给芭芭拉和沃伊切赫·普绍尼亚克

有些星期天是白色的

仿佛波罗的海海滨的沙。

在清晨响起来自

偶尔走过的路人的脚步声。

我们的树叶保持着戒备的沉默。

一位胖胖的神父为每个

不能到教堂的人祈祷。

当灰尘在投影光里交叉飘移

放映机发出令人沉醉的打嗝似的声音。

此时一个瘦骨嶙峋的神父悲叹时代

并召唤我们回到严格神秘的沉思。

几位女士感到了轻微的昏厥。

威力电影院的银屏乐于接待

所有的胶片和形象——

印第安人像是回到了家里，

苏维埃主角也一样受到欢迎。

每次放映后一阵沉默降临，

那沉默太深，让警察感到紧张。

但在午后，城市睡着了，

张着嘴，像手推车里的婴儿。

有时在傍晚一阵风起，

黄昏的风暴带着奇异的紫光

席卷而至。

在午夜一轮薄月

重回如洗的天空。

某些星期天

上帝仿佛近在身边。

圣体教堂 [1]

The church of corpus christi

我们邻近犹太人居住区，

以另一种语言，大卫的话语，

那里小心的祈祷升起

仿佛一只坚果，一串葡萄。

教堂并不美丽，

却不缺少庄严；

一道道垂直线

和灰尘，颤抖在阳光里。

---

[1] 位于古老的克拉科夫，属典型的哥特式建筑。

小小默示

和艰苦沉默的圣殿，

深深怀念

那些已逝者的地方。

我不知道我是否会被接纳，

假如我不完美的祈祷

进入那黑暗、颤抖的空中，

假如我无止境的探求

停留在这座教堂里，

寂静而满足如一只蜂房。

是否

Was It

是否值得在领事馆等待

某个办事员一闪而过的幽默之语,

在车站等待晚点的列车,

看埃特纳火山披着它的日式斗篷,

以及黎明的巴黎, 当奥斯曼 [1] 街区常见的女像柱廊

在黑暗里若隐若现,

走进廉价的餐馆

闻着大蒜刺鼻的气味,

是否值得乘上地铁

---

[1] 奥斯曼通称奥斯曼男爵（Baron Haussmann, 1809—1891）, 因开始建设巴黎的林荫大道而著名。

在一座我想不起叫什么名字的城市

去见非我祖先的幽灵，

搭乘一架小型飞机飞过地震中的

西雅图仿佛一只火上的蜻蜓，而且

三个月几乎不呼吸，问一些焦虑的问题，

忘记恩典的神秘方式，

从报纸上读着有关背叛、谋杀的消息，

是否值得思考，回忆，陷入

沉睡，在暗淡的

门厅之所在，买黑色的书，

在比塞维利亚[1]的大教堂还要辉煌的

万花筒里草草记下

单独几个我不曾见过的形象，

是否值得来来去去，是否——

"是""不是""是""不是"

什么也不擦去。

---

[1] 西班牙西南部城市。

彩虹
Rainbow

我回到长街，它的街道带有古老

污物的黑色光环——回到卡梅里卡，

街上的醉鬼在酒后的谵妄中

沮丧地等待着世界末日

仿佛安提阿[1] 的隐士，在这里

有轨电车长久地震动，

回到我的青春时期，它不愿

等待而离去，从长时间的禁食

和严格的守夜规定中消失，我回到

---

[1] 古代基督教教会。

黑色的街巷和旧书店，

回到隐藏起情感和背叛的

种种计谋，回到懒散，

书本，厌烦，遗忘，茶水，

死亡，死亡带走了那么多

却不送一人回来，

回到卡齐米日，空空的街区，

甚至悲悼也是缺席的，

回到满是雨水、耗子、垃圾的城市，

回到童年，它像一个

水坑，坑里的汽油闪烁如彩虹，它蒸发掉了，

回到大学，大学仍然笨拙地

试着引诱又一代淳朴的青年，

回到一个连它的城墙

也出售的城市，因为它很早

就售出了它的忠诚和荣誉，回到

一个我不忠实地爱过的城市

而我什么也不能给与

除了我忘却和记得的一切

除了一首诗，除了生命。

朋友们
Friends

我的朋友们等着我，

嘲讽、悲哀地微笑着。

我们原想建造的

透明的宫殿在哪儿——

他们的嘴唇说，

他们老去的嘴唇。

不要担心，朋友们，

那些华丽的风筝

仍然翱翔在秋日的天空，

仍然会带着我们

到收获开始的地方，

到明亮的日子——

那里疤痕累累的眼睛

睁开。

西西里
Sicily

你领我穿过开阔的草地，

三角形的公园，那是西西里

为这不识大海的小城所开辟

你领我到冰冷之吻的

锡拉库萨[1]，而我们穿越了

无尽的草的海洋

仿佛良知清白的征服者

（因为我们仅消灭我们自己），

傍晚时分，在巨大的苍穹下，

---

[1] 锡拉库萨（Syracuse），意大利港口城市，在西西里岛。

在耀眼的星光下，

天空公正地展开

在一切所剩之物

和慵懒的记忆之河上。

静物画
Describing Paintings

给丹尼尔·斯特恩

我们常常只看到一些细节——

来自十七世纪的葡萄,

依然新鲜、闪亮,

也许是一只精致的象牙餐叉,

或者一副十字木,几滴血

和已经干涸的巨大的痛苦。

抛光的镶木地板嘎吱作响。

我们置身于一个奇异的小城——

几乎总是在一个奇异的小城。

某处站立着一个看守,打着哈欠。

白蜡树枝在窗外摇晃。

这是引人入胜的

静物画。

学者们为它奉献一部部大书。

而我们活着,

满怀记忆和思想、

爱，有时是悔恨，

我们不时怀抱某种特殊的骄傲

因为未来在我们体内叫喊，

它的喧声使我们具有人的秉性。

暴风雪

Blizzard

我们听着音乐——

一点巴赫，一点忧伤的舒伯特。

有一刻我们倾听沉默。

暴风雪在外面咆哮，

风将它蓝色的脸

贴到墙上。

死者在雪橇上疾驰而过，

朝我们的窗户

投掷雪球。

诗歌寻求着光芒

Poetry Searches for Radiance

诗歌寻求着光芒，

诗歌是崇高的道路

带我们到最远的地方。

我们寻找光芒，在灰暗的时刻

在正午，在拂晓的烟囱，

甚至在巴士上，在十一月，

当年老的修士在我们身边点头。

一家中餐馆的招待员突然落泪

但没人知道原因。

谁知道，也许是一次探求，

像在海边的时刻，

当一艘捕鱼船出现在水平线

突然停住，长时间地一动不动。

还有深深的欢乐时刻

和无数焦虑的时刻。

让我想想，我请求。

让我坚持，我说。

夜间一阵冷雨落下。

在我城市的大街小巷

安静的黑暗很是卖力。

诗歌寻求着光芒。

第二辑

Poems
are
short tragedies

portable,

like
transistor
radios.

发音教师自戏剧学校退休

The Diction Teacher Retires from the Theater School

修长，腼腆，尊贵

以一种老派的方式，

她向学生、向教职员告别，

满腹狐疑地看着四周。

她确信他们将无情地

糟蹋母语而不受惩罚。

她收下证书（一会儿她要检查

是否出错）。她转身消失在舞台后，

在聚光灯天鹅绒般的影子里，

在无声中。

我们单独留下来

拧我们的嘴唇和舌头。

在一间小小的公寓

In a Little Apartment

我问父亲："你整天都在

　　做什么？""我回忆。"

那是在格利维采一间满是灰尘的小公寓房，

苏联式样的、低矮的街区

他们说所有城市都应看起来像营房，

狭窄的房间便于战胜阴谋诡计，

墙上一只老式壁钟走着，不知疲倦。

他每天重温三九年和煦的九月，它呼啸而过的炸弹，

利沃夫的修士花园，闪亮的

枫树、白蜡树的绿叶和小鸟，

德涅斯特河上的小舟，柳枝的香气和潮湿的沙地，

一个炎热的日子你遇见的一个学习法律的女子，

乘货车去西部的旅行，最后的边界，

六八年学生们为感谢你的帮助

送来的两百朵玫瑰，

其他一些我从不清楚的小插曲，

没有成为我妈妈的一个姑娘的吻，

童年的恐惧和甜鹅莓，在我诞生前

平静的混沌里所有的形象。

你的记忆活跃于那安静的公寓房——在沉默中，

有条不紊，你致力于瞬间恢复

你的痛苦的世纪。

旧式礼拜

The Orthodox Liturgy

深沉的声音不断祈求着宽恕

不带一丝自我辩护

他们荣耀的歌唱——虽然无人

在场，唯有一只唱片在旋转

轻快而隐秘。

一个独唱者让人想起

约瑟夫·布罗茨基在美国人面前

朗诵他的诗作，任何形式的复活

都不被相信，

但高兴于有人曾经相信。

这就足够——或者我们这样想——

有人相信，为了我们。

低沉的声音依然在唱。

请宽恕我们。

也请宽恕我，

看不见的主。

罗马，敞开的城

Rome, Open City

三月的一天，树仍是光秃的，悬铃木耐心地

　　等待回暖，

教堂沾上了尘土，朱红色，赭色，褐色，枣红色，

　　以及更大的棕色污点

我们为什么停止说话？

在巴尔贝里尼 [1] 宫殿，英俊的那喀索斯 [2] 注视着

　　自己的脸，了无生气。

棕色之城不停地重复着：对不起 [3]。

---

[1]　巴尔贝里尼（Barberini）为意大利古老贵族之名。

[2]　希腊神话里英俊而自恋的青年，后因长久注视自己在水中的倒影而变为水
　　仙花。

[3]　此处原为意大利语。

棕色之城，迎来了一些疲倦的希腊神祇

仿佛来自外省的工人。

今天我想看到你没有愤怒的眼睛。

棕色之城，在小山上生长。

诗是短小的悲剧，袖珍型，如晶体管收音机。

保罗睡在地上，深夜，火把，野营的气味。

咖啡馆里急躁的扫视，有人高声叫嚷，桌子上

一堆硬币。

为什么？为什么不？

汽车和摩托的轰鸣，因事而生的喧嚣。

诗常常消失，仅留下火柴杆。

孩子们身穿滑稽的宽大校服在台伯河 [1] 上跑过

从这个世纪的起点：

附近，照相机和聚光灯。他们跑向一部电影，不是为你。

大卫为杀死了歌利亚感到羞耻。

---

[1] 台伯河（Tiber）在意大利中部，流经罗马。

原谅我的沉默。原谅你的沉默。

　　充满雕像的城市；只有喷泉在歌唱。

假日临近，异教徒们走向教堂。

　　朱利亚大道 [1]：木兰花保守着它们的秘密。

光明的一刻花费仅五百里拉，只需你投进

　　一只黑色的箱子。

我们可以在纳沃纳广场 [2] 碰头，如果你愿意。

马太不停地问自己：是否我

　　真的被召唤成为人？

---

[1]　罗马著名的游览街道。
[2]　罗马城中著名的巴洛克式广场。

海
The Sea

在巨砾间微微闪光，在正午呈现深蓝，

西风召唤时显露凶兆，

却在夜晚安静下来，一心想着自我修正。

不知疲倦地，在小海湾中，指挥着

无数横行的蟹群，

仿佛布匿战争 [1] 时浑身湿透的老兵。

午夜的缉私艇从港口出发：一道

---

[1] 布匿战争（Punic Wars），公元前三世纪至公元前二世纪在古罗马与迦太基之间为争夺地中海沿岸霸权而进行的三次战争。

强烈的灯光切割着黑暗，

引擎震动。

在西西里，靠近切法卢的海滩上，我们看见

无数垃圾堆，箱子，避孕套，

纸板盒，一个写着"安东尼奥"的褪色的牌子。

爱着大地，永远被岸吸引，

送来一个又一个浪——每一个

都力竭而亡，如一位希腊信使。

拂晓时只能听到悄悄话，

卵石抛于沙上的喃喃低语

（甚至在渔镇的小广场上都能感知到）。

地中海，神祇曾游于其间，

还有阴冷的波罗的海，我曾游进它，

一条二十一岁的鳗鱼，精瘦，颤抖。

爱着大地，进入它的城市，在斯德哥尔摩，

在威尼斯，听着游客大笑、喋喋不休

在回到它黑暗、固定的源头之前。

还有你的大西洋，忙着建造白色的水丘，

以及害羞的太平洋，藏在它的深度中。

翅膀轻盈的海鸥。

最后的航船，白帆

横渡，随巨浪翻滚。

谨慎的渔猎者驾控着纤长的独木舟。

太阳升起在巨大的沉寂里。

灰暗的波罗的海。

北冰洋，无声，

伊奥尼亚海，世界的源头和终止之地。

读米沃什

Reading Milosz

再一次我读着你的诗，

你，一个富人，懂得一切，

一个穷人，无家可归，

一个移民，孤零零的。

你总是想要超越

诗歌，在它之上，飞翔，

同时也更低，深入我们

卑微、怯懦的领域起始之处。

有时，你的音调

改变我们那么一会儿，

我们相信——真的——

相信每一天都是神圣的，

而诗歌——该怎么说呢？——

使生命更完整，

更充盈，更骄傲，无愧于

完美的表达形式。

但是夜已来临，

我把书放到一边，

城市惯常的喧嚣又已开始——

有人咳嗽，有人哭喊和诅咒。

穿过这座城市
Walk Through This Town

穿过这座城市，在一个暗淡的时刻

当悲哀隐匿于阴凉的门下

孩子们玩着巨大的气球

它们如风筝飘浮

在庭院的毒井之上，

而安静、犹疑、最后的乌鸦在歌唱。

想想你的生活，它仍在继续

尽管已持续了这么久。

你能表达全部于万一么。

你能说出你看到的卑劣么。

你是否遇到过谁在真正地生活

你知道吗？

你是否滥用过崇高的言辞？

你本该是谁，谁知道。

你爱宁静，而你掌握的

只有沉默，倾听词语、音乐和寂静：

你为什么开始了述说，谁知道。

为什么在这个时代，为什么在这个国家

——它仿佛还没有诞生，谁知道。

为什么在放逐者中间，在一间原属德国人的

寓所，在悲痛、哀伤

和重获一个神话的徒然希望之间。

为什么你只有一个阴影里的童年

在矿场的吊塔下而不是树林的幽暗里,

在小溪边,那里一只安静的蜻蜓看守着

宇宙一体的秘密

——谁知道。

还有,你的爱,你失去和发现的爱,

还有你的上帝,祂从不帮助

那些寻求祂的人,

却藏在那些拥有学位的

神学家中间。

为什么是在一个暗淡的时刻,在这一座城,

这干燥的舌,这麻木的唇,

为什么这么多的问题，在你离开

又返回那个王国前

——那里，沉默、狂喜和风

已再次来临。

平凡的生活
Ordinary Life

给克莱尔·卡瓦纳 [1]

我们的生活是平凡的,

我从丢在一只长椅上

揉皱的报纸上读到。

我们的生活是平凡的,

哲学家这样告诉我。

生活,寻常的日子和忧虑,

音乐会,交谈,

城市郊外的散步,

---

[1] 扎加耶夫斯基诗歌的主要英译者,美国西北大学斯拉夫语学者。

好消息，坏消息——

目标和思想

却未得完成，

如粗糙的草稿。

房子和树

欲求更多的事物，

在夏天，绿草地

覆盖了这颗多火山的星球

如一件外套被抛到海面。

黑暗的电影院渴望光芒。

森林狂热地呼吸，

云团轻柔地歌唱，

一只金色黄鹂祈求着雨水。

平凡的生活欲求着。

和你一起听过的音乐
Music Heard with You

和你一起听过的音乐不止是音乐……

——康拉德·艾肯[1]

和你一起听过的音乐

将永远和我们在一起。

沉郁的勃拉姆斯和哀伤的舒伯特，

一些歌曲，肖邦的第四支叙事曲，

几首令人心碎的

四重奏（贝多芬，柔板），

---

[1]　康拉德·艾肯（Conrad Aiken，1889—1973），美国诗人、小说家。

不想死去的

肖斯塔科维奇的哀思。

巴赫伟大的《受难曲》中的和声

仿佛有谁召唤着我们，

要求着欢乐，

纯洁而无私的欢乐，

欢乐，在其中

信念不言自明。

卢托斯瓦夫斯基^[1] 的某些片段

和我们的思绪一样易逝。

---

[1] 指维托尔德·卢托斯瓦夫斯基（Witold Lutosławski, 1913—1994），波兰作曲家。

一位黑人妇女演唱的布鲁斯

像一块闪耀的钢铁穿透了我们，

尽管我们是在又脏又丑的小城街道上

听到它的。

马勒无休无止的进行曲，

小号的声音开启了《第五交响曲》

然后是《第九交响曲》的第一乐章

（你有时叫他"马卢尔"[1]）。

莫扎特《安魂曲》中的绝望，

他欢快的钢琴协奏曲——

---

[1] 指马卢尔河（Malheur River），位于美国俄勒冈州，其发音与马勒（Mahler）相近。

你哼唱得比我好，

而我们俩都知道这一点。

和你一起听过的音乐

将和我们一起成长。

在大教堂脚下
At the Cathedral's Foot

在六月，夜里

一次长途旅行归来，

法国繁花盛开的树木

在记忆里依然新鲜，

黄色的田野，绿色的悬铃木

在汽车前疾驶而过，

我们坐在大教堂脚下

轻声谈论着灾难，

前程，未来的担忧，

而有人说这是

我们现在所能做的最好的事——

在明亮的影子里谈论黑暗。

不可能的友谊
Impossible Friendships

比如，和某个已不在人世的人，
他只存在于发黄的信里。

或者长时间地散步，在小溪旁
小溪深处隐藏着

一些瓷杯——以及，与一个羞怯的学生
或邮递员讨论哲学。

一个眼神傲慢的路人，
你永远也不会认识。

与这世界的友谊，或许更完美

（要是没有血的咸味）。

在圣拉扎尔火车站 [1] 啜饮咖啡的

老人，让你想起某个人。

在本地列车窗口

一闪而过的脸庞——

旅行者快乐的脸，也许驶向

一个盛大的舞会或者一个法场。

还有与你自己的友谊

——因为，你毕竟不知道你是谁。

---

[1] 位于法国巴黎。

雨滴
Rain Drop

停留在我窗外的

雨滴，懒散，

椭圆、闪亮的形状出现

让我再一次想起切奥尔加夫人，

在厨房填塞一只线条优美的雌鹅。

手推车，黑黢黢的，仿佛来自地府，装着煤

从一块块木疙瘩上滚过，

它问——你想要生活吗？

经历了充满死亡的伟大战争后

我们太想要生活了。

一只火红的熨斗压平过往，

黎明时刻一只只德国乌鸫

吟唱格奥尔格·特拉克尔[1]的诗,

而我们需要梦想和生活。

---

[1] 格奥尔格·特拉克尔(Georg Trakl, 1887—1914),奥地利诗人。"一战"
中特拉克尔担任随军药剂师,在克拉科夫战地医院服役,后来患上了严重的
抑郁症,死于过量吸食可卡因。

蝴蝶

Butterflies

这是十二月的夜晚，世纪之末，阴暗而平静，

　　在挨近。

我慢慢地读着朋友们的诗，看着相片，

　　书脊。

C 去了哪里？自负的 K 和爱笑的 T 怎么样了？

　　在 B 和 N 的身上发生了什么？

有人死了千年，也有人，算是新手，死于

　　上一个月。

他们相聚在一起吗？在有鲜红日出的沙漠？

　　我们不知他们住在哪里。

在蝴蝶嬉戏的山溪边？

在散发木犀草味的小城?

死者驰骋迅捷[1]，S 一再热切地说（他也

走了）。

他们在大草原的寂静里，在圆而黄的云下骑着

小马。

也许他们在亚洲的某个小火车站偷煤，融雪在

乌黑的盆里

就像小货车运送的那种。

（他们是否有营地和铁丝网？）

他们是否下跳棋？听音乐？他们看得见基督吗?

他们向生者口授诗歌。

他们在洞穴之墙描绘野牛，在博韦[2]开始

建造大教堂。

他们是否理解邪恶的意义——这总是困惑我们的问题，

他们是否宽宥那些迫害过他们的人？

---

[1] 此处原为德语。

[2] 博韦（Beauvais），法国地名，以此地大教堂著称。

他们跋涉在北极的冰川，冰川在八月变得柔软。

　　　他们是否哭泣？悔恨？

是否在电话里一谈几个小时？还是沉默不语？他们就

　　　在我们中间？或者哪儿也不在？

我读诗，倾听夜晚和血的

　　　有力的低语。

在一个陌生的城市

In a Strange City

微弱的，几近奇异的

地中海的气味，

午夜街道上的人群，

一个节日正在开始，

我们不知其名。

一只精瘦的猫溜走

经过我们的膝盖，

吉卜赛人享用着晚餐

仿佛在唱歌；

在他们身后，白色的房子，

一种未知的语言。

幸福。

卡莫利 [1]

camogli

海边古旧高大的房子

一只昏昏欲睡的猫等待着渔夫

在卷起的白色渔网上：

宁静的十一月，在卡莫利——

领养老金的人们倚靠在椅子上晒日光浴，

懒洋洋的阳光流转

小卵石缓缓滚动

在海滩的碎石间，

而它，大海，不断涌向海滨，

---

[1] 意大利利古里亚大区热那亚省的一个小城。

一浪接着一浪，仿佛急于

知道夏日的计划

和我们的梦想怎么样了，

我们的青春变成了什么。

博利亚斯科 [1]：教堂广场
Bogliasco: The Church Square

摄影师在冲洗胶卷，

教堂司事仔细察看着

围墙和树木，

男孩子们在踢球，

一个清洁工清理着这个

宁静之城的良心，

三个上了年纪的女人在讨论世界末日——

而夜晚带回了

海的骚动

---

[1]　意大利热那亚省仅有四千多人的小城，为著名观光之地。

大海的喧嚣

将刚刚逝去的一天

归还给遗忘。

斯塔列诺 [1]

Staglieno

不要徘徊在墓地，

在那里，蒙尘的、乏味的十九世纪

依然在悔恨；你会见到

身穿拉绒大衣的医生

风纪扣扣到喉结，围着僵直的围巾，

神情漠然的律师挂着冰冷、略显哀戚的

微笑（奸诈自有其寿）。

你会见到众多男性家长、教授

和孩子，大理石孩子，石膏狗，

---

[1]　斯塔列诺公墓以纪念性雕塑而著名，位于意大利热那亚省。

总是无可挑剔地温顺。

你会看到过去，遇见

你的兄长，瞥见

庞贝 [1] 淹没

在时间灰暗的火山熔岩里。

---

[1] 位于意大利那不勒斯附近的古城，毁于公元 79 年的维苏威火山爆发。

双头男孩
Two-Headed Boy

在深蓝色的风衣里

十五岁的男孩怀抱一只小猫。

它小小的头转动,

它大大的眼睛

注视一切,比人的眼睛

更加小心谨慎。

在温暖的列车里感到安全,

我比较着男孩懒洋洋的凝视

和小猫的瞳孔,

警觉而狭窄的瞳孔。

坐在我对面的双头男孩

被一只动物的不安变得更加富有。

我们的世界
Our World

纪念 W.G. 塞巴尔德 [1]

我从未见过他，我只知道

他的书和一些奇怪的照片，仿佛

自二手商店买来，而人类的

命运也如二手发现，

一个声音静静地叙述，

一次凝视看到那么多，

一次凝视转过头来，

不回避恐惧

也不回避狂喜；

---

[1] 指温弗里德·格奥尔格·塞巴尔德（Winfried Georg Sebald, 1944—2001），
德国作家、学者，作品多关于大屠杀和战后德国状况，2001 年因车祸去世。

而我们的世界在他的散文中，

我们的世界，那么平静——但是

充满被彻底忘却的罪行，

即便在可爱的小镇

在这片海或那片海的岸边，

我们的世界布满空空的教堂，

纵横的铁轨，古老堑壕的

伤痕，高速公路，

被无常劈开，我们盲目的世界

因你的离去而缩小。

小物品
Small Objects

我的同时代人喜爱小物品，

忘记了大海的晒干的海星、

忧伤的停摆的时钟、寄自

消失的城市的明信片，

以及变黑的模糊的手迹，

从中他们辨认得出几个词

比如"渴望"、"疾病"或"结局"。

他们惊奇于休眠火山。

他们不渴望光。

保卫诗歌，等等
Defending Poetry, Etc.

是的，保卫诗歌，崇高的风格，等等，

但也保卫一个小城夏日的傍晚，

那里花园飘香而猫静静地坐在

门前台阶，仿佛中国的哲人们。

主题：布罗茨基
Subject: Brodsky

请注意：生于五月，

一个潮湿的城市（因此主题：水），

不久城市将被军队包围

军官们在背包里随身携带着

荷尔德林，但是，唉，他们

无暇阅读。有太多的事情要做。

语调——嘲讽，绝望——真切。

总是在路上，从墨西哥到威尼斯，

情人和斗士，不停地为

可能没有希望的那方战斗

（名义：诗歌对无限，

或者 PVI[1]，如果你更喜欢缩略语）。

在每个城市和每个港口

都有他的代理；有时他

在一个字也听不懂的热心人群前

吟唱他的诗——然后，精疲力竭，在海边的

水泥堤坝上抽上一支高卢烟，海鸥在头顶盘旋，

仿佛在波罗的海上空，然后回家。

巨大的才智。钟情的论题：时间

对思想，后者总是追逐幽灵，

使玛丽·斯图亚特[2]、代达罗斯[3]、提比略[4]复活。

诗歌应如赛马：

---

[1] PVI 是 "Poetry versus the Infinite" 的缩写，即"诗歌对无限"。

[2] 玛丽·斯图亚特（Mary Stuart，1542—1587），苏格兰女王。

[3] 代达罗斯（Daedalus）是希腊神话中的建筑师和雕刻家。

[4] 提比略（Tiberius，公元前 42 年—公元前 37 年），古罗马皇帝。

匹匹野马，和大理石做成的骑师，

一道隐藏在云团的看不见的终点线。

请记住：反讽^[1]和痛苦；

这痛苦在他心中存在已久

并不断生长——仿佛

他写下的每一首哀歌都着魔地

爱上了他，要他

成为它唯一的英雄——

但是女士们先生们——请保持耐心，

我们快要通过——我不太清楚

该怎么说——某些类似于温柔，

接近于胆怯的微笑，

瞬息的怀疑，犹豫，

完美辩论之间的小小停顿。

---

[1] 反讽（irony）在这里是一个更大的概念，如苏格拉底的反讽，佯装无知。

自画像，并非不带怀疑
Self-Portrait, Not Without Doubts

在早晨，热情鼓动你，

而到了晚上，你甚至没有力气

扫一眼发黑的书页。

不是太多就是太少，

像那些不时

烦扰你的作家：

有些太过谦逊，卑微，

乏人问津，

以致你想要大声喊出来——

嘿，朋友们，鼓足勇气，

生活是美好的，

这世界是丰饶的，充满历史。

另一些作家，骄傲而严肃，以博学

而著称——

先生们，你们有一天也会死去，

你说（在头脑里）。

真理的领域

显然不大，

狭窄如崖壁上的一条小路。

你能否

执着于它？

也许你已经迷失。

你是否听到大笑

或天启的号音？

或许两者都有，

一种不协和音，不敬神的摩擦声——

一柄滑过玻璃

并欢快地啸叫的刀子。

交谈

Conversation

和朋友的闲聊，有时

是关于无关紧要的事，电视或电影，

有时是更重要的交谈，认真的谈话

关于酷刑、受难，和饥馑，

但有时是关于轻松的恋爱冒险，

"她这样说，所以他那样想。"

也许我们说得太多，

就像我在希腊山间一个陡峭的斜坡上

偶然听到的法国游客的话，

漫不经心，在德尔斐 [1] 的迷宫

（对旅馆的午餐刻薄的评说）。

我们不知道，我们无法知道，

我们是否会得救，

我们渺小的灵魂

没有作恶

也未行善，

是否能回答某个未知之舌的质问。

是否仅有诗的启示便已足够，

沉迷于过去乐曲的断奏 [2]，

河流的风光，空气进入

八月温暖的塔楼，

渴望着大海，总是新鲜，清新。

---

[1]　德尔斐（Delphi）即希腊著名的阿波罗神庙。

[2]　断奏（staccato）在音乐领域指断断续续、不连贯的乐音。

或者庆祝的时刻，以及它们带来的

感觉，什么东西突然

返回而我们离开它就不能生活（我们其实可以），

它们是否胜过了空虚和愤怒的岁月，

以及长久的遗忘、焦躁——

我们不知道，我们无法知道，

我们是否得救

当时间终止。

老年马克思（一）

Old Marx

他不能思考。

伦敦总是潮湿，

每间房都有人咳嗽。

他从未喜欢过冬天。

他一次次重写

昔日的手稿，没有激情。

发黄的稿纸

卫生纸一般易碎。

生命为何急切

固执地冲向毁灭？

而春天于梦中回转，

伴随雪花，讲着

无人知晓的语言。

在他的体系里

爱，适合放在什么位置？

哪里能找到蓝色的花。

他鄙视无政府主义者，

而理想主义者令他厌倦。

他接到来自俄国的报告，

太过详细。

法国人越来越富有。

波兰寻常而平静。

美国从不停止生长。

到处都在流血，

也许墙纸该换了。

他开始怀疑

可怜的人类

将要一直艰难跋涉

在这个古老的地球，

就像本地的那个疯子

朝看不见的上帝

挥舞着她的拳头。

致亚历山大·瓦特[1]的幽灵
To the Shade of Aleksander Wat

他不久前才抵达无限——结果它看起来与拉长、大大改善过的沃洛明街[2]相似——他一进入，就得到一件礼物，以舒曼的音乐的形式，伴随一阵狂喜和混乱（第一支奏鸣曲的第一乐章，其小提琴和钢琴演奏，仿佛由两个令人无法忍受的乐师担任，但是，我们必须承认，是两个非常有才华的小天使）。

随后，一位博学的拉比，分析了丝绸般的死与石头般的死之间的区别，接着著名的神学家 P 发表了长

---

[1] 亚历山大·瓦特（Aleksander Wat, 1900—1967），波兰诗人、作家，著有回忆录《我的世纪》。
[2] 地名，在华沙附近。

篇演讲，题目是《瓦特战后作品中的〈旧约〉、〈新约〉，以及更新的圣约》。

《痛苦作为一种重要经验》和《综合非同类事物的天赋》是另外一些谈话的题目，它们受到的关注较少，因为"永恒"已被预先安排演奏，于是一支由黝黑的吉卜赛人组成的管弦乐队，穿着合身得体的晚礼服开始了演奏，没有停顿，没有终止。

夜晚是一只蓄水池
Night Is a Cistern

夜晚是一只蓄水池。猫头鹰歌唱。难民踏着草地上的道路
带着无尽的痛苦的窸窣。
你是谁，行走在这不安的人群里。
你又会成为谁，当白昼返回，
平常的问候环绕，你将会是谁。

夜晚是一只蓄水池。最后一对舞伴在乡村舞会上舞蹈。
大海的波涛在喧叫，大风摇动着松树。
一只未知的手描画出黎明的第一笔。
灯光在褪色，一只马达阻塞。
在我们前面，生活的道路，天文学的一些瞬间。

暴风雨

Storm

暴风雨有着金黄的头发，间以黑色的斑点，

它单调地呻吟，如一个简单的女人

正在生下一个未来的士兵，或暴君。

巨大的云块，多层的大船

围绕我们，闪电的鲜红束带

不安地四散。

高速公路成了红海 [1]。

---

[1] 典出《圣经·出埃及记》。法老一心要在红海把以色列人一举消灭，摩西安
慰百姓说：耶和华今天将向你们施救。果然耶和华使海水分开，露出干地使
摩西带领以色列人安然到达对岸。法老的大军尾随不舍，结果复合的海水把
法老的大军溺毙。

我们穿过暴风雨宛如一道真正的河谷。

你驾驶；我怀着爱注视着你。

旧松奇[1] 的傍晚

Evening, Stary Sacz

太阳在集市广场后落下去了，荨麻反映出

小城的不完美。茶壶在屋里发出哨声，

好像许多同时出发的火车。

草地上的篝火和它们长长的叹息

交织在树顶之上仿佛飘动的风筝。

最后的香客犹疑地从教堂返回。

电视机醒着，立刻知道了一切，

仿佛亚历山大城[2] 的魔鬼，长着骗子的黑脸。

刀子落在面包上，香肠上，木头上，供品上。

---

[1] 波兰南部城镇，始建于十三世纪。

[2] 古代埃及的港口城市。

天空暗下来；天使习惯躲藏在那里，

但现在只有警官骑在他离去的摩托车上。

雨落下来，鹅卵石的街道变黑。

小小的深渊，在石子之间打开。

布莱克
Blake

我望着威廉·布莱克，他每天

从树顶上认出天使，

在他的小房子的楼梯上

遇见上帝，在脏兮兮的街巷里看见光——

布莱克，他死时

快乐地唱着歌

在拥挤着

行人、花蝶和奇迹的伦敦

威廉·布莱克，雕版匠，他劳作

生活于贫困之中却并不绝望，

他从大海、从星空

获得燃烧的神迹，

他从不丧失希望，因为希望

总是新鲜如呼吸，

我看见像他那样行走的人们在转暗的街上

走向黎明美好的兰花。

古迹游览笔记

Notes from a Trip to a Famous Excavations

你突然出现在一座已经消失的城市。

你忽然来到一座巨大的城市，

它并不真在那里。

三只精瘦的猫喵喵地叫。

你注意到墙上的竞选标语，

你知道选举早已结束，

"空虚"大获全胜并与一轮

懒洋洋的太阳一起统治着。

游客游荡在不存在的街道，

仿佛教堂神父们——感染了，唉，

深深的忧郁症。

更衣室的墙壁干燥极了。

厨房不存调料，

卧室无人睡眠。

我们进入居屋，花园，

但无人迎接我们。

我们仿佛被困在沙漠，

面对干沙的酷烈

——就像在另外

一些并不存在的地方，

一个你不知道，永远也不会

知道的土著城市。

集中营也没有生命的迹象。

某些朋友离去了。

过去的日子已经消失，

它们藏在土耳其帐篷下，

在静止里，在不存在的博物馆里。

然而，当一切逝去

唯有嘴唇胆怯地嚅动，

似一个年轻僧侣的嘴，

一阵风卷起，一阵海风，

带着新鲜的承诺。

墙上一扇门斜开，

你瞥见生命比遗忘更强大；

起初，你不相信自己的眼睛——

园丁们跪着，耐心地

照料黑土，而朗笑的雇工

用手推车装运着香气四溢的苹果。

木马车在厚石路上发出嘎吱嘎吱声，

清水流过一道狭窄的水槽，

葡萄酒返回水罐，

爱情返回它曾定居的

那些农舍，无声地重获它

对于大地、对于我

绝对的君王般的权力。

看，火苗摇曳在灰烬之上。

是的，我能认出那脸庞。

苏巴朗 [1]

Zurbarán

苏巴朗依次描绘

西班牙圣徒

和静物，

因此在他的静物画中

躺在沉重的桌子上的

那些物体

同样是神圣的。

---

[1] 指弗朗西斯科·德·苏巴朗（Francisco de Zurbarán，1598—1664），西班牙画家。
他早期为圣彼得罗教堂作装饰画，后为修道院画了大量宗教题材的作品，画
风受卡拉瓦乔影响。

诺托 [1]

Noto

给乔治亚和米夏埃尔

诺托，一座完美的小城

倘若我们的信念更强。

诺托，一座巴洛克式的小城

马厩和藤架都是华丽的。

大教堂的穹顶倾塌了，唉，

沉重的吊车围绕着它

---

[1] 意大利锡拉库萨省的小城。

仿佛一所医院的医生们

看护着危险的病人。

午后少年们

聚集在街上

百无聊赖吹着口哨

就像笼中的画眉鸟。

对于它的居民而言

小城真是太完美了。

第三辑

Poetry is
joy
hiding
despair.

But

under
the despair—
more joy.

乘火车沿哈得孙河 [1] 旅行
Traveling by Train Along the Hudson

给波格丹娜·卡彭特

阳光里河闪着微光——

河，你怎能忍受这样的情景：

低矮的、皱起的铁制

车厢，小窗口里

迟钝的面孔，了无生气的眼。

闪光的河，起来。

---

[1] 美国纽约州东部的河流。

你怎能负载剥落的橘子皮，

可乐罐，一片片

肮脏的、曾经纯洁的

雪。

起来，河。

而我在半明半暗里也昏昏欲睡

仿佛只有一半活着，

俯身于一册图书馆的书，

带着某人留下的铅笔记号。

起来，可爱的河。

希腊人
The Greeks

我愿生活在希腊人中间，

与索福克勒斯的弟子交谈，

学习玄秘的宗教仪式，

但我出生时满脸痘痕的

乔治王依然在位，他的统治

学说严厉而亲信冷酷。

那些记忆和悲伤的岁月，

冷静谈话和沉默的岁月；

很少有欢乐——

虽然有些鸟、儿童

和树并不知道。

也就是说，我们街上的苹果树

每年四月都欢快地开放

白色的花朵

并爆发出狂喜的大笑。

大船
Great Ships

这是一首关于漫游在海洋上的大船的诗，

它们不时低沉地呻吟，抱怨着大雾和

　　淹没在水底的山峰，

但它们常常无声地劈开一层层热带大海，

依据高度、种类、阶层来划分，正如我们的

　　社会和旅馆。

在底层，贫穷的移民玩着纸牌，没有人赢

而在甲板上克洛岱尔 [1] 注视着漪瑟 [2] 和她发亮的头发。

---

[1] 保尔·克洛岱尔（Paul Claudel, 1868—1955），法国诗人、作家。他也是职业外交家，先后在美国、中国、日本等多国任外交官。

[2] 漪瑟（Ysé）是克洛岱尔的《致漪瑟的信》里的中国女人，他也将她写进了其他作品。

祝酒的杯子举向安全的旅程，举向将临的时代，

祝酒的杯子举起，阿尔萨斯的葡萄酒和来自法国最好的

　　葡萄园的香槟，

有些日子是平静的，无风，唯有光明稳稳地洒下来，

在风平浪静的日子，地平线随大船

　　一起移动，

空虚而厌倦的日子，玩着单人纸牌，反复读着

　　最近的新闻，

在热带夜晚的阴影里谁被看到与谁约会，在桃红色的

　　月光下拥抱。

而一身肮脏的司炉工不知疲倦地将煤块投入

　　敞开的锅炉，

现时存在的一切那时即已存在，虽然是以浓缩的

　　形式。

我们的日子已经存在，我们的心在燃烧的炉子上烘烤，

我遇到你的那一刻，或许也已存在，我的疑惑

如彩陶的碟子一般易碎，我的信念，一样脆弱而无常，

同样还有我对最后答案的追寻，我的失望和发现。

大船：有些突然沉没了，激起良心和畏惧，

赢得不朽的名声，成为特别报道的明星。

另有一些平静地航行，无声衰落于偏僻的港口，

　　　船坞，

在铁锈，一层红色铁锈的外罩和覆盖下，等待

最后的转化，灵魂和物体最后的审判，

它们仍然耐心等待着，如卢森堡公园的棋手

　　　将棋子推进一英寸左右。

台洛斯的艾丽娜 [1]

Erinna of Telos

她死时十九岁。

我们不知道她是否可爱或轻浮，

或者看起来像那些

戴眼镜的聪明而乏味的女孩，

镜子被藏在远离她们的地方。

她仅留下一些六音步的诗。

我们怀疑她追寻着内省者

秘密而不确定的抱负。

她的双亲爱她爱得神魂颠倒。

---

[1] 台洛斯的艾丽娜（Erinna of Telos），古希腊女诗人，活跃于公元前四世纪，为萨福同时代人和朋友，出生于罗德岛或邻近的台洛斯岛。作品现存一些片段。

我们推测她想要表达

某个关于生命的宏大真理，看似

无情，实则甜蜜，

关于八月的夜晚，当大海

呼吸、闪耀，如欧椋鸟般歌唱，

关于爱，难以言喻，珍贵。

我们不知道她遇到黑暗时是否哭泣。

她仅留下一些六音步的诗

和一行关于蟋蟀的警句。

王国
Of Kingdoms

故国神游。——苏东坡

我喜欢梦见那些王国，

那里黄铜闪耀并歌唱，

山顶的火焰朝上燃烧，

某人的爱就居于其间。

午后，在十一月，

在长时间的散步后

我乘通勤火车旅行；

在我周围是疲倦的办公室职员

和一位悲戚的老年妇女

她手中攥紧了一只腊肠犬 [1]。

----

[1] 产于德国的一种猎狗。

售票员，唉，

就像一个笨拙的萨满教巫师。

生活阔步于我们头顶，仿佛格列佛[1]，

大声地笑着、哭着。

---

[1] 英国作家斯威夫特所著讽刺小说《格列佛游记》中的主人公。

锡拉库萨

Syracuse

有着可爱名字的城市，锡拉库萨；

不要让我忘了你小街边

暗淡的古迹，凸出的阳台

那里曾囚禁过西班牙的女士，

大海不断冲击着奥提伽岛 [1] 的石墙。

柏拉图在此遭遇失败，亡命而逃，

他会怎样评说我们？不真实的观光客。

你的大教堂升起在一座希腊神殿之顶

---

[1] 奥提伽岛（Ortygia）是锡拉库萨的一个岛屿，以精美的巴洛克建筑而闻名。

且仍在升高，但非常缓慢，

如乞丐和寡妇们沉痛的请求。

在午夜，渔船发出

强烈的光，深深祈祷

为那灭亡的，孤寂的，为你，

为遗弃在大陆边缘的城市，

也为我们，被囚禁于旅行中的我们。

被淹没的城市
Submerged City

那城市将不再存在，不再有

春天早晨的光晕，当绿色的小山

颤抖在雾霭里并升起

如防空气球——

五月将不会穿过街道

伴着尖叫的飞鸟和夏天的承诺。

不再有喘不过气的魔法，

不再有泉水沁凉的狂喜。

教堂的塔楼躺在海底。

树荫下的大道完美的景色

不再吸引何人的眼睛。

而我们仍然平静地，谦卑地

活着——在手提箱后，

在等候室里，在飞机和火车上，

我们仍然固执而盲目地寻找着一个形象，

事物最后的形式

在无声的绝望

难以理解的发作之间——

仿佛模糊地记得

某个无法被想起的事物，

仿佛那被淹没的城市和我们一起旅行着，

总是提着问题，

总是不满于我们的回答——

严格，如其所是地完美。

喜歌 [1]

Epithalamium

给伊斯卡和塞巴斯蒂安

没有沉默，便没有音乐。

共同生活无疑比

独自存在更难——

正如开阔的海面上扬帆出航的

一艘船比停在码头上的

同一艘船更难驾驭，但双桅船

终究是为大风与出航准备的，

而不是为了慵懒和消极的安逸。

---

[1]　为祝福新婚夫妇而作的诗歌。

一种对话持续穿越岁月

会有焦虑、怒气，甚至怨恨，

但也会有同情，深深的情感。

唯有在婚姻中，爱与时间

这永恒的敌人，会师一处。

唯有爱与时间，在和解时，

会让我们看到他者

神秘、复杂的存在，其本质

缓慢而必然地展现，仿佛河谷

或绿色山野间的一所新居。

这始于某一天，始于欢乐

和誓约，始于神圣的相遇之日，

它像一粒湿润的谷子；

接着是患难与劳作的岁月，

有时是绝望，激烈的告白，

幸福和最后的大树

它富饶的绿色生长于我们头顶，

投下巨大的荫凉。烦恼在其中消失。

门

Gate

给芭芭拉·托茹尼契科 [1]

你是否热爱词语一如羞怯的魔术师热爱安静的时刻？

当他离开舞台，独自待在化妆间

只有黄色的蜡烛燃着油腻、青幽的光焰。

什么样的渴望将会激励你推开那沉重的门？只为

再一次感受那木材的气味、那古老井水生锈的

　　味道，

再次看到高高的梨树，骄傲的主妇高贵地

向我们展示每年秋天完美的果实，

---

[1] 芭芭拉·托茹尼契科（Barbara Toruńczyk，1946— ），波兰女记者、编辑和散文作家。

接着沉入无声的冬天的险恶。

相邻的工厂冷漠的烟囱冒出烟雾，丑陋的城市一动不动

而不知疲倦的大地运转着，善良的大地，

在花园的砖墙底下，在我们黑色的记忆

和死者巨大的冷藏室底下。

需要怎样的勇气才能推开那沉重的门，

需要怎样的勇气才能再一次看见我们

聚集在这小小房间的哥特式灯盏下——

母亲浏览着报纸，蛾子撞向窗玻璃，

无事发生，无事，唯有夜，祈祷；我们在等待……

我们只活一次。

新年夜，2004
New Year's Eve, 2004

你在家里听着

比莉·荷莉戴 [1] 的唱片，

她不停地唱，忧郁，懒洋洋。

你计算着

你与午夜相隔的时间。

为何死者平静地歌唱

活着的人们却不能从恐惧中解脱？

---

[1] 比莉·荷莉戴（Billie Holiday，1915—1959），美国著名的爵士乐女歌手。

没有童年
No childhood

你的童年怎样？一个疲倦的

记者在临近结束时问道。

没有童年，只有黑色的乌鸦，

极缺电力的电车，

穿厚重十字褡的胖神父，

长着青铜似的脸庞的教师。

没有童年，只有期望。

在夜里，枫叶闪烁如磷，

雨水湿润了黑色歌手的嘴唇。

听过的音乐

Music Heard

和你一起听过的音乐

不只是音乐

而流过我们血管的血

也不只是血液

我们感受到的欢乐

是真正的欢乐

而如果有谁应该感谢，

我现在就感谢他，

在不算太晚

和太寂静之前。

平衡
Balance

我自高处望着北极风光

想到虚无，可爱的虚无。

我看着云彩的华盖，广袤的

区域里狼的踪迹无处可寻。

我想起你和虚空唯一能

承诺的一件事：丰富——

我想起某种积雪的荒原

从过度的快乐中涌现。

当我们距离着陆越来越近，

云层里浮现出易被损坏的大地，

被主人遗忘的喜剧般的花园，

冬天和大风摧残的黯淡的草坪。

我放下手中的书，有一瞬感到了

清醒和梦之间的美妙平衡。

而当飞机接触水泥地面，在

机场的迷宫不停地兜着圈子，

我再次觉得什么也不知道。每日漫游的

黑暗重又出现，白日甜蜜的黑暗，

那声音的黑暗计算且测量，

铭记又忘却。

清晨
Morning

星期天的清晨，大风清洗我们的心神，

街道阴沉如修道院课程。

年轻人还在白色的寓所沉睡，

只有年长者走向教堂。

一株银杏，仍然挂着叶子，

随秋季的黄色火焰发出光彩，

宣告它的时刻到来了。

星期天的清晨，宫殿和房子的顶上，

沉郁的钟声彼此应和

小铃铛却放声大笑；多明我会修士

与圣诺伯特修士，交换电报。

披着青铜色，普兰提花园[1]的纪念碑

毫无疑问渴求着正常的皮肤、肌肉，

和能感知疼痛的头颅，但永恒有它自己的要求。

我们曾在此争吵，你记得吗？

我在夜晚的迷宫里寻找你；

我抱着一本书，你穿着夏天的连衣裙

（书还未读，而你的连衣裙荡开

如一册新柏拉图小书的护封）。

一尊博伊－热伦斯基[2]的铜像盯着我，眼中

留存着行刑队员的形象，

那普鲁士建筑中的杰作。

大风清洗了我们的心神和街道，以及太阳。

格奥尔格·特拉克尔死于几百码之外，

---

[1] 克拉科夫一处著名的公园。

[2] 指塔德乌什·博伊－热伦斯基（Tadeusz Boy-Żelenski，1874—1941），波兰
剧作家、诗人、翻译家，1941 年在利沃夫教授大屠杀中被纳粹杀害。

死于狂喜或绝望。

有一天我们坐在长椅上直到很晚

并试图听到大海。

月亮完满，星辰静静地运行。

时候到了，在长久的谈判之后，

拒绝和接受，又一次放弃，

当逝去的时间，智慧而干燥如羊皮纸，

决定与小小的一日和解，

与这清晨的即席演奏，与它湿润的气息，

与我思想的潮气，与我的不安，

与死者的代表和解——诗人，以及巡夜人，

研究黑暗的经验丰富的学生，助产士，

她们懂得身体打开的秘密——

达成一致，说时候到了，

在沉默中，星期天的清晨，树林

平静地泛着光辉，有条件地同意说

我是该醒来了，并意识到时候到了，

时候到了——并且会一去不返。

老年马克思（二）
Old Marx (2)

我试着想象他最后的冬天，

伦敦，寒冷潮湿，雪花唐突地吻着

空荡荡的大街，泰晤士河发黑的水面，

受冻的妓女在公园点燃篝火。

在夜里，巨大的火车头在某处呜咽。

工人们在酒吧的谈话语速太快

他一个字也没有听清。

欧洲也许更富了，终于和平，

但比利时仍然蹂躏着刚果。

俄国呢？那里的暴政呢？西伯利亚呢？

他整夜瞪着窗子。

他无法集中思想重写过去的著作，

只好一复一日重读青年马克思

暗暗佩服那个雄心勃勃的作者。

他对自己美好的理想仍有信心，

而在怀疑的时刻

他担心自己给这世界增添的

也许不过是绝望的一个新版本；

然后他闭上双眼，什么也不看

除了眼睑里猩红的黑暗。

海豚
Dolphins

太阳西沉而探寻的鹈鹕贴着大海光滑的肌肤飞行；

你望着一个渔夫杀死一条被捕猎的鱼，不禁确信了

　　他之为人的人性，

当玫瑰色的云开始缓慢、肃穆地移向暮晚的

　　山脚——

你停留片刻，等着看海豚

——也许它们又会友好地跳起那著名的探戈——

这里，在墨西哥湾，沿着宽阔的海滩你会看到

　　一道道车辙和一只只河蚌，

以及一些钻出沙子的鲜活的螃蟹，就像那些一同离开

　　地下工厂的工人。

你看到一些被弃置的、生锈的装卸塔。

你沿着石闸漫步，向几个钓鱼人招手，

一些普通人，钓鱼不是为了竞赛，不过是想

延迟他们最后的晚餐。

一艘砖红色的、巨大的海轮从蒙罗维亚[1]起航，

朝向海港航道

就像某种想象中的怪兽夸耀着它的怪异，

暂时挡住了海平线。

你想：寻找那些偏僻之地是值得的，

它们有着丰富的记忆，却又无比僻远，

安安静静，不惹人注目，富有，却藏起了记忆秘密的

　　口袋，仿佛秋天里一个猎户的上衣，

郊区的繁荣小城，什么也不发生的荒原，

　　那里没有著名的演员，

政客和记者也不会出现，

---

[1]　蒙罗维亚（Monrovia）是利比里亚首都。

而诗歌有时就诞生于虚空，

你想到你的童年仿佛就停留在这里，

这里，远离早已熟悉的街道——

因为，远去的童年毕竟不能以光年或公里计算距离，

相反，童年静静地等着你的返回，无疑想知道你究竟

　　变成了什么。它悄悄与你相会，说：

你不认识我了吗？我是你失落的集邮册里的一枚邮票，

我就是那枚邮票，曾让你

第一次见识了一片虚幻迷蒙的海蓝背景下的海豚。我

　　是你旅行的标志。

原封未动。

管风琴调音
Organ Tuning

有人在一座空空的教堂，给管风琴调音。

在一间哥特式大厅里，人造瀑布轰隆作响。

受酷刑者的声音和学校里孩子们的欢笑

以及我深深的呼吸，混合在了一起。

在一座空空的教堂，有人给管风琴调音，

笨拙地修复着管风琴金属管失控的混乱，

毁坏房屋，掷下雷霆，然后

建造城市，机场，高速公路，体育馆。

但愿我能看到那管风琴师！

看到他的脸，他的眼！

但愿我能追循那双手的动作，

我也许会懂得他要把我们带往何处，

我们，以及我们关心的一切，

孩子，动物，幽灵。

消防员的头盔

Firemen's Helmets

我仔细查看着消防员的头盔

它们映现云朵

和微小的滑翔机。

火灾不久将出现，

在一两个小时之内。

美与恐惧总是结对——

像我得知马雷克

死了时，我正漫步

穿过一个寒冷的巴黎，而夏天

正缓缓地离开。

一只鸟在傍晚歌唱
A Bird Sings in the Evening

给莉莉·罗伯逊

在巨大的城市上方，深陷黑暗之中，

缓缓呼吸，仿佛它的土地正被炙烤，

你，曾经为荷马歌唱，

为克伦威尔歌唱，也许甚至曾在

圣女贞德灰暗的遗骸之上歌唱，

又一次你提高了声音唱出甜蜜的哀歌，

嘹亮的恸哭；却无人听见，

唯有在丁香树幽暗的叶子里，

不被看见的艺术家躲藏着，

一只夜莺被唤起，带着一丝嫉妒。

没有一个人听见你，城市正在服丧，

为它逝去的辉煌岁月，伟大的日子，

那时它或许也曾哀悼

以一种近似人的声音。

等待一个秋天的日子
Wait for an Autumn Day

（得自埃克勒夫 [1]）

等待一个秋天的日子，略微

疲倦的太阳，尘土飞扬的空气，

苍白一日的天气。

等待枫树褐色的粗叶，

如一个老人被侵蚀的手，

等待栗子和橡实，

等待一个黄昏，你坐在花园里

---

[1] 指贡纳尔·埃克勒夫（Gunnar Ekelöf，1907—1968），瑞典诗人。

手捧一只笔记本，而篝火的烟有着

难以企及的智慧令人陶醉的味道。

等待短暂的午后，比运动员的呼吸还短，

等待一次云朵之间的休战，

等待树林的沉默，

等待你抵达绝对和平的一刻

并接受这个想法：你所失去的

已永久离去。

等待这样的一刻：也许你还

来不及思念那些你所爱的人

他们就已离去。

等待一个明亮、高贵的日子，

没有怀疑和痛苦的时刻。

等待一个秋天的日子。

凯瑟琳·费里尔 [1]

Kathleen Ferrier

(1912—1953)

给安娜·玛丽亚和卡罗尔·伯杰

只是一个声音。

只是一个声音，而我们不知道

它是否依然属于一具身体，

还是只属于空气。

一个年轻女子的声音在一辆

陈旧的莫利斯牌汽车里抵达卡莱尔 [2]。

想一想，在她短暂的一生里

---

[1] 凯瑟琳·费里尔（Kathleen Ferrier，1912—1953），英国女歌手。

[2] 凯瑟琳·费里尔在英格兰的成名之地。

出现过多少不同的声音。

戈培尔歇斯底里的叫喊。

受伤者的呻吟，囚徒的低语。

学校大礼堂的辩论

（史诗赞美着暴君）。

多少谎言，在我们的喉咙里。

她死于癌症，

不像西蒙娜·薇依[1]，死于饥饿

不像曼德尔施塔姆[2]，死于集中营。

她从未在音乐学校学习过，

而最纯净的音乐

---

[1] 西蒙娜·薇依（Simone Weil，1909—1943），二十世纪法国哲学家、社会活动家、神秘主义思想大师。

[2] 奥西普·曼德尔施塔姆（Osip Mandelstam，1891—1938），俄罗斯白银时代著名诗人，1938 年死于远东符拉迪沃斯托克（海参崴）的集中营。

却通过她发声。

她喜爱舒伯特和马勒的歌曲，

布鲁诺·瓦尔特 [1] 曾给予她指导。

一个女子的声音，

天真的声音，唱出亨德尔 [2] 的咏叹调。

听着，你会以为

这是给更美好人类的

一次机会，

而唱片结束，

你又到你惯常的犹疑——

---

[1]　布鲁诺·瓦尔特（Bruno Walter，1876—1962），德裔美籍作曲家、指挥家。

[2]　指格奥尔格·弗里德里希·亨德尔（Georg Frideric Handel，1685—1759），德裔英籍作曲家。

仿佛这歌声承诺得太多，

多于沉默或衰竭。

生活不是一个梦
Life Is Not a Dream

起初，严寒的夜晚和仇恨。

红军士兵 [1] 朝天鸣射

自动手枪，试图震惊至高存在。

母亲哭喊，或许记起了

她的童年那些伤感的故事。

冷水街在河边延伸

仿佛想超过河流——

或者到达它的源头，

毫无疑问，那里依然纯净，

---

[1] 此处应指苏联红军。

回想着黎明的欢乐。

如果生活是一个梦，

那么凤凰也许真的存在。

而在克拉科夫，生活恢复了，

随着普通的鸽子飞来：

在普兰提花园，退伍军人

身披至少三种

军队的破烂制服，

年轻美女纷纷亮相，

爱好音乐的悬铃木在交响乐大厅外

也披上了它们最绚丽的叶饰。

应该尊敬本地的神祇吗？

卢卡 [1] 集市上的一个乞丐

---

[1] 意大利西北部城市。

从一个摊位移到另一个摊位

收集着礼物——骄傲如狄安娜 [1]。

在我们生活的地方

发现仙女更困难，而

伟大的潘神 [2] 也不留下名片。

重要的记忆——严厉的

一神教的纪念物——只被

铭刻在树上和教堂的墙上。

我们试过勇气，因为没有退路。

我们试过狡猾，但失败了。

我们试过忍耐，但睡着了。

我们写诗，像一册又一册传单，

仿佛连篇累牍的史诗。

许多梦想如芙蓉花生长。

---

[1] 狄安娜（Diana）为罗马神话里的月亮女神和狩猎女神。

[2] 潘（Pan）是希腊神话中的牧神。

幽暗的井在夜里打开。

我们试过玩世不恭；只有一部分人成功了。

曾经有过盛大的欢乐，不要忘了。

我们试过时间；它没有味道，像水。

最后，许久之后，由于

未知的原因，时钟在我们头顶

开始越转越快，

像在无声档案影片里一样。

而生活继续，不可避免的生活，

那样怀疑，那样谨慎，

它又坚定地回到了我们中间

以至于有一天我们感到寻常的失败，

落到我们唇边的寻常悲剧的味道，

它也是某种胜利。

取决于

It Depends

你一定在什么地方，对吗？——尼克·弗林 [1]

鸟儿（矶鹬）跳跃，在加尔维斯顿 [2] 的海滩上。

"大多数人死于悲伤"——布封 [3] 说

（根据克洛岱尔《日记·第一卷》所引的说法）。

R 认为美国诗人都不够聪明。

——但高贵仍然存在，希望就在一幅画里：

圣王路易堂中，卡拉瓦乔笔下基督的脸 [4]

（我无法使自己离开，我不能走）。

---

[1] 尼克·弗林（Nick Flynn，1960—），美国剧作家、诗人。

[2] 美国得克萨斯州东南部港口城市。

[3] 布封（Georges-Louis Leclerc de Buffon，1707—1788），法国博物学家、作家。此处引语原为法语。

[4] 圣王路易堂（San Luigi dei Francesi）是罗马市中心的一座圣堂，堂内左侧的肯塔瑞里小堂陈列有卡拉瓦乔所画的关于圣马太生平的三幅画，诗中提到的是其中的《圣马太蒙召》。

这取决于是谁，我回答：我为美国诗人辩护。

夏天，漫长的黄昏后，星星升起，如灯笼。

我们讨论了最近的法国诗歌的空洞。

但"rien"[1] 是一个可爱的词！强于"无"。

在正午，甚至大海也是快乐的。

森林酷热：松脂短暂的狂喜时刻。

我们在咖啡馆阳台上吃冰激凌。扬声器播放着《昨天》[2]。

内战的注解：停战，还是休战书？

突然，不知怎么，我的思绪滑到了艾克斯[3]。

傍晚的人群在大街上，一如所料。

我挤进一堆旁观者，问道：

正在发生什么？上帝回来了。但这只是一个梦。

---

[1] 法语，意为"什么都没有"。

[2] 此处应指披头士乐队的歌曲《昨天》。

[3] 法国普罗旺斯地区的一个城市。

美国的太阳

America's Sun

（集艾兴多夫 [1]、克里尼茨基 [2] 诗句）

窗外，美国令人炫目的太阳。

一间幽暗的房间里，在一张桌子边

坐着一个男人，不再年轻，

他想着他所失去的

和剩下的一切。

我就是那个人。

我试着猜想他已失去什么

而未来还保存着。

我仍然不知道我将会发现什么。

---

[1] 指约瑟夫·冯·艾兴多夫（Joseph von Eichendorff，1788—1857），德国诗人。
[2] 指理夏德·克里尼茨基（Ryszard Krynicki，1943— ），波兰诗人。

雨中的天线

Antennas in the Rain

我看见海和橘子。

初雪落下来了——女士们、先生们，请静一静。

突发消息：巴赫又醒过来了，并且在歌唱。

时间信守诺言（它总是如此）。

在一扇敞开的窗户边阅读米沃什。燕子突然啼啭。

夏日菩提树下的小教堂；蜜蜂在祈祷。

"行乐须及时。"他抓住了白天，而在傍晚检查他的

猎物时，他却发现了黑夜。

——你真的那么喜欢图书馆吗？

胡萝卜，洋葱，芹菜，梅干，杏仁，细糖，四只

大苹果，绿色是最好的（你的情书）。

不要盲从。说正统礼拜仪式缺少幽默！

医院——身穿长外套的苍白的残疾人，围在一位

晒黑的、微笑的外科医生身边。

为什么你总是写城市？

要是我们能够像在昂贵的餐馆细读菜谱那样读诗……

"Periagoge"[1]——柏拉图关于内在转变的观念。

巴士底狱凸出的表面——也许还有一个巴士底隐藏在

地下。

牡丹花就像上教堂的乡下姑娘。

"我怎能思念你如果你不离开？"（乡村歌曲）

渴望的种类；教授计算出六种。

---

[1] 在柏拉图那里，教育的本质就是"引导心灵转向"。引导心灵转向的过程，柏拉图称之为 periagoge，也就是将心灵引向超越个别事物的理念中去，使之直面事物自身。为此，必须引导心灵一步步向上，从低层次渐渐提升，使心灵远离可感知的存在，去看真实的东西。

一辆公交车上的指示牌：空调开放。

一日游——去维利奇卡[1]，奥斯维辛。

在十二月的火车站，无家可归的人紧紧贴着散热器。

维米尔的画，一个妇女稳稳坐在门廊上做着编织活：

在她身后，一个黑暗的内景；在前面，街道和光。

无法和解。

太阳伤人，公园里的一个男孩说。

B 责备地说：我曾住在那里，你知道的，关于利沃夫，

---

[1] 波兰南部一旅游区。

我绝不会说那里有太多值得谈论。

一切都会返回。灵感衰退了又返回。欲望也是。

喜剧和悲剧；西蒙娜·薇依只看到悲剧。

红的罂粟和黑的雪。

一个妇女的笑，不再年轻，在驶向华沙的列车上读书。

噢，如此说来你是崇高风格方面的专家？

德尔斐，充满观光客，向神秘打开。

在午夜，大海是愤怒的：是狂怒，坦率地说。

华盛顿的大屠杀博物馆——我的童年，我的四轮马车，我的锈。

五月的傍晚：雨中的天线。

在卡诺尼察街上，有人尖叫"你这个婊子养的"。

海豚靠近自由港：它们可爱、悠久的动作，仿佛学者

用来标记抑扬格的符号。

戏院太小容不下伯格曼的电影。

从一个监狱逃往另一个监狱。

在柏林地铁站有人高声宣布"靠后站"[1]，

---

[1] 此处原文为德语。

片刻寂静——缺席的声音。

克拉科夫的雨燕，被夏天激发，大声地啸叫。

在夜里一个疲倦的动词回到字典。

妈妈总是偷偷去看小说的最后一页——看看

到底发生了什么……

真理是天主教的，对真理的追寻是新教的（W.H. 奥登）。

专家预言到二十一世纪末人们将不再死去。

睁眼看吧。

缴纳电话和煤气费，还书，给克莱尔写信。

在飞机上两个矮胖的神学家比较着他们的退休金。

在格利维采，胜利大街本可以通向天堂，

唉，却突然中断了。

扶梯会去它带我们去过的地方吗？

从一列疾驰的火车上我们看见田野和草地——

从森林里，仿佛从梦里，牝鹿出现。

大理石不跟黏土（时间）说话。

在商业大街，一家鞋店里的售货姑娘，越南人，

她半跪在地上对我说，我来自船民。

我调到短波电台：有人在玻利维亚哭泣。

圣王路易堂里基督的脸。

有件事可以肯定：这个世界是活的并在燃烧。

他在一个昏暗肮脏的等候室里阅读荷尔德林。

船民——唯一免于民族主义的民族。

春天的雨水有着难以描述的清新。

用一把小刀切成薄片。

"这里也有神。"

果实胀裂。

我问父亲："你整天都在做什么?""我回忆。"

希腊高速公路上的送货车,商标名"Metafola(隐喻)"。

在闪光的海面上,一条独木舟,几乎一动不动——如

罗盘的一根指针。

记得那位杰出的穿小丑便服的大提琴演奏家吗?

在夜里,炼油厂的灯光——一座无人生活的城。

为什么这些光阴结束得如此迅速? 不要那样讲,

要站在时间里面说话。

爱平常事物,不求回报。

诗是隐藏绝望的欢乐。但在绝望下面——有更多的

欢乐。

从内心里说。

这与诗无关。

不要说话，听。

不要听。

译后记

　　《永恒的敌人》是扎加耶夫斯基在美国出版的第五部诗集，收入作者在 2002 年后创作的新诗，有些发表在各种专业期刊上了，但并未单独出版过波兰语版集子，只是由诗人本人编选、由他诗歌的主要译者克莱尔·卡瓦纳女士翻译成了英语。此前，扎加耶夫斯基在纽约著名出版社法勒、斯特劳斯和吉鲁（Farrar, Straus and Giroux）先后出版了《震惊》（1985）、《画布》（1992）、《神秘主义入门》（1997）和《无止境：诗选与新诗》（2002）的英译本，这些诗集的出版，间隔通常在五年左右。在出版这些诗集的时候，扎加耶夫斯基部分时间生活于美国，在休斯敦大学教授创意写作。

《震惊》由米沃什作序，又被哈罗德·布鲁姆列入了著名的《西方正典》书目之中。而据作者本人称，《无止境》代表了他一生创作的"主要成果"，这很好理解，因为《无止境》毕竟是一部总结性的"选集"，差不多囊括了之前出版的几部诗集的全部精华。

《永恒的敌人》出版时，扎加耶夫斯基已经结束在国外的漂泊生活，从巴黎回到了波兰古城克拉科夫定居（仍有一个学期去美国教书）。我记得扎加耶夫斯基在出席一次诗歌活动后接受记者采访，记者问他，他是否是一位职业诗人，扎加耶夫斯基幽默地表示自己"正在为实现这一目标而奋斗的路上"。可以说，扎加耶夫斯基在大部分时间里已经过上了一个职业诗人的生活：写作、旅行、阅读。而扎加耶夫斯基的诗歌写作，与他本人的生活是结合得比较紧密的，这也在《永恒的敌人》这本诗集里充分体现了出来。

集子里有相当一部分作品反映的是诗人"在路上"的所见所感。在开篇诗作《星》中，诗人说"多年后我回到这里"——回到了波兰，因此随后便有不少篇什涉及作者在波兰的足迹。接着是一组极短的诗《在路上》——在欧洲，主要在意大利的行迹。诗人所到之处，意大利、法国、美国，他都留下了诗篇，这与诗人注重"即兴能力"应该有很大关系。扎加耶夫斯基曾经在文章里说，"即兴能力是波兰诗歌的一项伟大传统"，在密茨凯维奇、米沃什这样的大诗人身上都有充分体现。如果说纪游诗主要还是"即兴"，涉及诗人在波兰各处的诗章，则更多表现出怀旧和沉思的基调；这后一部分诗，尤其能够见出作者的才力和水准，时间与积淀的意义，大约也体现在这里。诗人往往看似随意的几行，就能道出一般人难以道出的深意。比如《奥斯维辛的燕子》：

在营房的阒寂里，

在夏日的星期天的无声里，

燕子刺耳地尖叫。

是否这就是

人类的话语所剩下的一切？

"二战"结束后，应该有很多人到奥斯维辛参观或者采访过，大概只有诗人留意到这里的燕子，"燕子刺耳地尖叫"，进而联想到人类的话语，在面对二十世纪这一悲剧时，是何等的苍白无力！这里，又回复到了扎加耶夫斯基曾表述过的主题：人类的恶与苦难是无法穿透的，就如黑暗本身；它存在过，却难以理解。但是后人不能、也不该遗忘，所以，"记忆"理应是诗歌的一个功能。我们完全可以将阿多诺的名言——"奥斯维辛之后，写诗是野蛮的"——倒过来理解，正如扎加耶夫斯基所言：阿多诺的说法固然是非常有道理的一道指令，却不意味着应该取消诗歌。毋宁说，在奥斯维辛之后进行诗歌写作，应该三思而行，甚或思考更多次。

从本书精心编排的目录里，我们不难看出作者在纪游诗外，穿插了篇幅不小的"人物诗"。这些人或是诗人交往的友人，或是读书时读到的人物；有的诗作具有哀歌性质，有的诗作是评述性的。对于他们，诗人往往表现出一种积极的理解，借由他们展开"个人化的历史想象力"，这充分显示了诗人写作的宽度和深度，也是我极其欣赏的地方。如果说走出去的、"在路上"的那些诗歌展开的是作者的直接经验，这一类"人物诗"则更多开掘了作者的"间接经验"。

扎加耶夫斯基自称是一个拥有历史意识的诗人，这无疑是确切的；我要补充的是，他也是一位有着极强现实感的诗人，也许正因此，他的诗是"落地"的，并不虚幻，也很少晦涩或难以理解。在我看来，他的诗是亲切的、自然的，是很容易"进入"的那一类型，但并不是说他的诗歌没有难度（无论就写作，还是就阅读而言）。在这一点上，他跟他的同胞诗人米沃什可以说是完全一致的：他们都"拒绝难以理解的诗歌"，而他们诗歌的难度，不在字面，不在修辞，而在思想和情感的独特发现与深度——要理解这些，的确也并非易事。

扎加耶夫斯基的诗歌技艺，到二十世纪八十年代就非常成熟而稳定了，至少我没有看出存在什么明显的变化。除了写作方向（深入当代现实、历史、日常生活）的一贯性，他在诗歌技巧上也臻于统一和完善。毫无疑问，他是一位具有强烈知识分子气息的诗人，对哲学、文学和诗歌，都有着极为广泛的视野和见解，他的诗歌在历史、现实与审美要求之间，达到了一种理想的平衡，而这，也可以说是"波兰诗派"（Polish School）标志性的特征，它是经由几代波兰现代诗人共同努力而形成的诗学共识，扎加耶夫斯基继承、加入和发展了这一优秀的传统。

扎加耶夫斯基自青年时代起就非常热爱哲学和音乐，他诗歌的思想性是非常明显的——这些在翻译中大体比较容易留存和呈现；而他诗歌的韵律和节奏，虽经转译，我希望仍然能够被最大限度地保留（尽管这是很难的）。他作品的风格一直都很统一：平静、温和、细致而不失力度，这种精神气息贯穿了他四十多年的写作——也许除了年轻时所写的那些诗作，那时他还是一个"愤怒的诗人"。其实，说"愤怒"也没有一般想象的那么"愤怒"（如果对比一下金斯堡或者拉金）。

在我看来，扎加耶夫斯基走向"和解"的途径，一是审美主义（纯诗），一是反讽（或曰幽默）。无论是诗人的审美主义，还是反讽倾向，扎加耶夫斯基都不是极端的，他从不过度；换句话，他有所节制。我们从他的散文、随笔或者访谈里都可以看到，对此他是有着充分自觉的。我们知道，"纯诗化"从来不是米沃什以及他那种风格的诗人所追求的，但是他们也并不拒绝"纯诗"的合理意义。在扎加耶夫斯基这里，纯诗有时是创造一首诗的灵魂，有时可能只意味着一首诗里几行最成功的句子，其重要性是不一样的，但是不难发现，纯诗式的诗行大量而显眼地存在。因此可以说扎加耶夫斯基是一个"有篇有句"的诗人。他的诗，在结构上非常讲究，有着一个严肃诗人老到的布局和笔法，通常是精致的，作者惜墨如金。这是说他的布局谋篇；而他的"有句"，则表现为大量潜伏于全诗的那些"金句"，往往是一些精妙的比喻（隐喻），或是一些高度浓缩、十分亮眼的警句，用诗人本人的话说，它们"提供一个狂喜的时刻"。相信这些地方，一定是读者可以玩味和欣赏的"亮点"。

翻译《永恒的敌人》是在 2009 年，距今刚好十年。此前我译完了所能读到的扎加耶夫斯基大量的诗歌（它们大多收在《无止境》里）。那时并不存有出版的想法，纯粹就是喜爱，这也就是为什么我总说，翻译必须是出于热爱。同时我也一再表示过，翻译最先受益的肯定就是译者本人。通过翻译扎加耶夫斯基的作品，我越来越相信，扎加耶夫斯基正是哈罗德·布鲁姆所说那样一种"难以穷尽的诗人和作家"。当然，翻译也是一个"无止境"的工作，这还不是从"数量"这个角度而言，而是从最大限度接近原文、理解原作者这个意义上来说的。我知道，热爱只是翻译成功的必要条件，未必是充分条件。虽然我一直没有中断对扎加耶夫斯基的兴趣与研究，仍然不敢说我在翻译过程中的理解和处理就是完善的——没有最最好，只有更好，这也许可以说是"无止境"的另一层意思。在此，我也真诚地期盼着来自各方面专家、读者的批评指教。

李以亮

为你自己而读，为你的灵感，为你灵巧头脑中甜美的骚动。

可也要为对抗你自己而读，为疑惑和无力，为绝望和博学。

因为唯有如此你才能成长，越过你自己，进而成为你自己。

——亚当·扎加耶夫斯基

一页 folio

始于一页，抵达世界

Humanities · History · Literature · Arts

出品人　　　范　新

监制策划　　恰　恰

特约编辑　　苏　骏

版权总监　　吴攀君

印制总监　　刘玲玲

装帧设计　　COMPUS · 汐和

内文制作　　常　亭

Folio (Beijing) Culture & Media Co., Ltd.
Bldg. 16-B, Jingyuan Art Center,
Chaoyang, Beijing, China 100124

一页 folio
微信公众号

官方微博：@ 一页 folio　|　官方豆瓣：一页 folio　|　联系我们：rights@foliobook.com.cn

图书在版编目（CIP）数据

永恒的敌人 / （波）亚当·扎加耶夫斯基著；李以
亮译 . -- 北京：北京联合出版公司，2020.7（2020.11 重印）
ISBN 978-7-5596-4160-1

Ⅰ . ①永… Ⅱ . ①亚… ②李… Ⅲ . ①诗集－波兰－
现代Ⅳ . ① I513.25

中国版本图书馆 CIP 数据核字 (2020) 第 058341 号

ETERNAL ENEMIES: Poems by Adam Zagajewski
Copyright © 2008 by Adam Zagajewski
Simplified Chinese edition copyright © 2020 by Folio (Beijing) Culture & Media Co., Ltd.
Published by arrangement with Farrar, Straus and Giroux, New York.
All rights reserved.

本书根据美国 Farrar, Straus and Giroux 公司出版的 Clare Cavanagh 英译本译出。

永恒的敌人

作　者：[波兰] 亚当·扎加耶夫斯基

译　者：李以亮

责任编辑：管　文

特约编辑：苏　骏

装帧设计：COMPUS·汐和

内文制作：常　亭

北京联合出版公司出版
（北京市西城区德外大街 83 号楼 9 层　100088）
北京华联印刷有限公司印刷　新华书店经销
字数 60 千字　787 毫米 ×1092 毫米　1/32　6.625 印张
2020 年 7 月第 1 版　2020 年 11 月第 2 次印刷
ISBN 978-7-5596-4160-1
定价：36.00 元